コスモスの揺れる丘

椎野さちほ

文芸社

前書

日々生きていくのは、結構大変だと思う。つまらない日もあれば、忙しすぎて「なんじゃ、こりゃ!?」って日もある。黙っていても必ず明日が来ると思ったりもするけど、でも朝が来て目が覚めるまでは、明日の保証なんてどこにも無い。そう考えると、「明日は何が起こるかな？」「今日が人生最後の日かも知れないなぁ」って思いながら生活してみるのも楽しいかも。一寸先は闇なのか、それとも光なのか。ちょっと目線を変えるだけで、日常が非日常になるのかも、そんな事を考える、今日この頃。

明日の心配をする前に、今日という日を楽しもう。

「怪物」

何もない小さなコンクリートの四角い部屋で
君と２人でブランケットに包まって
熱いコーヒー飲んでる時間が僕は幸せ
鍵の掛かる小さなコンクリートの四角い部屋で
君と２人で生ぬるい温度と湿度に包まれて
裸で抱き合い笑い合う時間が僕は幸せ
こんな日々が永遠に続けば良いなだなんて
思える今が幸せって言う名の怪物なんだって
誰かに言われたような気がするけれど
それでもこんな毎日が続けば良いなだなんて
僕は思うよ　思うんだ　願ってるんだ
幸せって言う怪物に食われたって
それでも君と毎日２人で居たいんだって

「好き」

くるくる変わる表情が好き
幸せそうなくしゃくしゃの笑顔が好き
眠ってしまいそうなゆっくりしたしゃべり方が好き
ちょっととぼけた性格が好き
眩しそうに細めた優しい瞳が好き
真っ直ぐ前を見つめて走る姿が好き
髪をかきあげるその長い指が好き
はにかんだ時のモジモジしてる手が好き
軽くリズムをとってる脚が好き
遠くを見つめて煙草を喫う仕草が好き
何も言わずに抱きしめてくれる腕が好き
安らぎを与えてくれる温もりが好き
毎日が好きでいっぱい
心の中が好きでいっぱい

「プレゼント」

ぽかぽか陽気の昼下がりには
れんげの首飾りをつくってあげる
きっと君に似合うから
ぎらつく日射しが眩しい午後には
サルビアの腕輪をつくってあげる
きっと君に似合うから
のんびりイワシ雲が漂う日には
コスモスの王冠をつくってあげる
きっと君に似合うから
乾いた風が夕闇を連れて来る日には
つばきの指輪をつくってあげる
きっと君に似合うから

これが僕の全て
君にあげる僕の全て

「パンジー」

道端で小さな花を見つけたよ
小さく小さく静かに咲いてる花だったよ
公園の植え込みで　角の家の庭先で
街路樹の根元で　誰かの家のベランダで
青い花びらは君のシャツに似てた
黄色い花びらは君の車の色
赤い花びらは君の小さな唇
ピンクの花びらは湯上がりの君の肌
オレンジの花びらは一緒に見た夕陽の色
白い花びらは君の心
小さく小さく咲いていたよ
雪の降り積もった朝にも小さく小さく咲いていたよ
足元に目をやる度に小さく小さく咲いていたよ
見かける度に君を思い出したよ
小さく強く咲いてる花を
見かける度に君を思い出しているよ

「空」

街路樹のイルミネーションが街を彩り始めると
無性に君の声が聞きたくなるんだ
遠く離れていたってこの空のもとでは
君も僕も同じ星の住人なんだ
今　きっと君も同じ星を見上げてる
今　きっと君も僕を思い出してる
いつも信じているんだ
遠く離れていたって僕らの心はひとつだって
受話器に響く君の声が寂しい時は僕も寂しい
メールに書かれた文字の間に君の声が聞こえる時は
僕も一緒に語り合ってる
夜が白んで朝陽が見えたら
今日も僕らの日常が始まる
離れていても同じ空のもとで
この星のどこかにいる君と
同じ空のもとで

「幸せな日々」

2月　木枯らしの中で頬を染めて僕を待つ君の姿
5月　洗いざらしの真っ白なシーツに包まって仔猫のような君の姿
9月　月のウサギと同じく白い君の浴衣からのぞくそのうなじ
12月　暖かな毛布の中で裸で抱き合いかすかに触れる君の乳首

「愛の生活」

僕が子供の頃　誰かが言ってた言葉
「薔薇の樹に薔薇の花咲く　何事の不思議なけれど」
大人になって恋をして　別れがあって得るものあって
ようやく意味がわかったよ
僕は日常に甘えていたんだ
いつでもそこに君がいるって思ってた
普通でいる事　当然だと思う事　当たり前だと思う事
それがどんなに難しいか　それがどんなに得難い事か
ようやく僕はわかったよ
僕の日常は君が全て
いつでも君の周りを歩いて行くよ
逢える事　話せる事　抱ける事
それがどんなに幸せか　それがどんなに大切か
大人になってやっとわかった
気付いた分だけ　幸せが近くなったと
心から思うよ　僕の未来も捨てたもんじゃないって
今なら言えるよ　死ぬまで君の傍にいるよって

「愛してる　愛してた」

逢いたいと思えば思うほど
心が切なくなる
声を聞きたいと思えば思うほど
心が苦しくなる
たった一言の言葉も言えないで
今日まで来てしまった私
繋いだその手を離す前に
あなたに言えば良かった
その腕に抱かれてる時に
あなたに言えば良かった
誰よりも　あなただけを　愛してる
たったそれだけの言葉なのに
離れれば離れるほど
心がきしんでいる
遠くなれば遠くなるほど
心が泣いている
たった一言の言葉も言えないで
今日まで来てしまった私
唇重ねたあの夜に

コスモスの揺れる丘

あなたに言えば良かった
瞳を見つめあったあの時に
あなたに言えば良かった
誰よりも　あなただけを　愛してる
たったそれだけの言葉なのに
たったこれだけの言葉なのに
もっと素直になれば良かった
もっと声を張り上げれば良かった
もっと私を見せれば良かった
もっとあなたに触れていたかった
いつか笑って会えるその日まで
私の心は漂うばかり
それでも明日を生きなくちゃ
今度会える時はきっと言える
誰よりも　あなただけを　愛してた

「うみ」

あの海岸で夕陽が沈むのを見たのはいつだっけ
言葉が途切れてもいつまでも眺めていたね
何も言わなくても君の心はわかっていたから
ただ手を繋ぐだけで良かったんだね
あの海岸で夜光虫と遊んだのはいつだっけ
波とはしゃぐだけで一晩中楽しかったね
何も言わなくても君の心はわかっていたから
ただ寄り添うだけで良かったんだね
あの海岸で波の音だけ聴いていたのはいつだっけ
缶コーヒー握りしめる手が小さく震えていたね
何も言わなくても君の心はわかっていたから
ただ傍にいるだけで良かったんだね
こんな日々がずっと続くと思っていた僕は
君の心の隙間に気が付かなかったんだね
わかっていると思っていたけど
殻に閉じこもった君を見失ってしまったんだね
今になって君を思い出しても手は届かないけど
今になって君を思い出しても声は届かないけど

それでも僕は待っているから
あの海岸で君が戻ってくるのを待っているから
いつでも君が帰ってこれるように
笑顔の君が帰ってこれるように
あの海岸で僕は待っているから

「ひまわり」
太陽に向かって一斉に花開く　そこはひまわり畑
その強さ　その明るさ　その潔さ　その逞しさ
夏の出来事をすべてお見通し
僕が君を泣かした日も　地面を転がってじゃれた日も
いつでも僕らを見守ってくれた　いつでも僕らを包んでくれた
優しく強く気高く咲いて　今年もたくさんの想いを包んで
　夏の終わりと共に
僕らの前から消えていく　そしてまた僕らの前に現れる
　変わらぬその優しい顔で
そんな強さを　僕らは欲しい
人を想いを包む暖かい強さを　分けてはくれないか

「ＲＯＯＭ」

私達だけが知っている秘密の時間
オレンジに染まった生ぬるい部屋で
今日も背徳と蜜が入り混じる
甘い香りにむせかえる
二人だけが知っている秘密の時間
決して玉響なんかじゃない
永久に続く淫靡な駆け引き
熱い吐息に声が震える
そこは二人だけの世界
朱くにじんだ秘密の空間

「kitten」

コンクリートの部屋のすみっこで
膝を抱えて怯えてるその姿は
まるで迷子の仔猫のようで
いつまでも泣きじゃくっては
爪を噛んで遠くを見つめてる
何を見てるの？　どこにいるの？
抱き寄せるたびにうなじから香る
ぬるくて甘い君を感じるのに
まるで迷子の仔猫のようで
首を傾げては潤んだ瞳で
僕の心を悩ませ続ける
何が怖いの？　どこに行きたいの？
君の秘密を一つでいいから
僕にそっと教えておくれよ

「手」

だぶだぶのトレーナーを着てる君
とても可愛いよ
やっぱりその色にして良かったね
とても似合うよ
袖のあたりからちょこっと出した
その小さな手
カップ持つので精一杯なんだね
君の小さなその手の平に
僕の愛は全部乗るかな？

「マイ・ホーム・タウン」

青い空と海が見渡せる　僕らの丘は
いつも同じ表情で優しく包んでくれた
空がもっと高かった頃　芝生の上は
未来永劫無限に広がる僕らの宇宙
寝転びながら白い雲が生まれていくのを
ぼんやりと眺めては夢の世界へ誘《いざな》われた
そして大人になって　僕らの丘は
今でもそこに横たわり新しい宇宙を作る
僕らが丘へ戻る日を待ち続けてくれる
空も海も雲も芝生も　みんなが待っている
僕らが「ただいま」と言うのを待っている
そして「おかえり」と迎えてくれるんだ
あの頃と同じ優しい表情で宇宙を作るんだ
いつか戻るであろう僕らにも
これから生まれる誰かにも
きっと優しく包んで宇宙を作ってくれるんだ
だから僕らは丘に戻るんだ
夢の世界で暮らすんだ

「温もり」

金色のススキ野原を歩いてみたら
君の声が聞こえるような気がしたんだ
セイタカアワダチソウがふわふわ揺れる
一面金色の野原に佇んでみたら
君の笑顔が見えるような気がしたんだ
風に吹かれてひらひら舞ってる落ち葉の下で
君の柔らかな髪の毛が光ってるような気がしたんだ
どこに居ても　どんな時でも
君を思い出すんだ
君の甘い声を　君の眩しい笑顔を

紅く色づく山を見ながら車を走らせてたら
君の匂いが漂って来たような気がしたんだ
緑の芝に乱反射する光の中で
ぼんやり夕陽が沈むのを見ていたら
君の瞳が潤みながら笑ってるような気がしたんだ
ふもとの町に小さな灯《ひ》が灯りはじめたら
暖かな湯気の向こうに君の姿が見えたような気がしたんだ
どこに居ても　どんな時でも

君を思い出すんだ
君の甘い匂いを　君の眩しい笑顔を
君の小さな手を　君の透明な声を
君の小さな唇を　甘く囁く君の小さく赤い唇を
僕の心を癒《いや》してくれる　君の柔らかい温もりを

「思い出」

吐息が白いこんな朝には
いつも想い出すんだ
あの人と暮らしてたあの部屋を　あの街を
春には河原でキャッチボール
夏には浴衣で夕涼み
秋には落ち葉を拾って本に挟んだ
冬には夕陽を見ながら手を繋いだ
いつも思い出すんだ
あの人と暮らしてたあの部屋を　あの街を

「秋」

空が高くなって薄いブルーに彩られたら
あの山を越えて遠くの町まで行ってみようよ
きっと僕等が知らない何かがあるはずさ
穏やかな川の向うに金色の野原が見えてきたら
コスモスが揺れる土手を探してお弁当を食べようよ
変なかたちのおにぎりだってきっと美味しく食べれるよ
ゆっくり流れる雲の間に日差しがキラキラ輝いてたら
その丘を越えて見知らぬ町まで行ってみようよ
きっと僕等に見えない何かがあるはずさ
緩やかなカーブの向うに茜色の空が見えてきたら
たわわに実る柿の実をもいで公園のベンチで食べようよ
子供たちと一緒に缶蹴りをして夕陽が沈むのを待とうよ
家々の陰に隠れる太陽に明日も会えますように
昇る朝日に明日も会えますように
僕等の知らない何かを連れてきてくれる
暖かな太陽に明日も会えますように

「丘の上から」

毎日僕は見ていたよ　この坂道を上《のぼ》る君の事
まっすぐ歩く君の姿が　僕は大好きだったんだ
風に揺れてきらきら光る　君の髪をいつも眺めてたんだ
前髪を切り過ぎたのって　恥ずかしそうな君がいとおしかったんだ
僕の丘から君の姿が見える　毎年夏にしか会えないのが残念だったけど
君が僕に掛けてくれた水　おいしかったよ
たった一度だったけど　君が僕に微笑んでくれた
だから今年も僕は　丘の上で待ってるんだ
今度生まれる時はちゃんと神様にお願いするよ
「あの娘《こ》と同じに　話が出来るように　人間に生まれさせて」って
だって僕はひまわり　夏にしか君に会えない
それでも僕は今年も待つんだ　夏が来て君に会えるのを
君が僕の丘から見えるのを　そして君が僕に微笑んでくれる事を

「鳥になる日」

あの雲がきっと僕等を砂漠まで連れて行ってくれるよ
君が好きな小さなオアシスの所まで
木陰で昼寝をしたら　子供たちと遊ぼうよ
君が絵本を読むのを　皆が待ってるよ
あの雲に乗って僕等は砂漠まで行かなくちゃ
乾いた空気が僕等を包んで囁いてくれる
砂漠の月夜には　砂ギツネと一緒に
星を眺めて語り明かすんだ　空が白むまで
あの雲を飛び越えて僕等は迎えに行かなくちゃ
今でもきっとどこかで待ってるからね
小さな星で夕陽が沈むのを　見ているはずだよ
小さくてわがままな恋人に　水をあげてるはずだよ
僕等が来るのを永遠に待っているよ
だから僕等は鳥にならなくちゃ
早く迎えに来ないかなって待っているよ
だから僕等は今夜旅に出よう
そして鳥になって迎えに行こう
それまで待っていて
必ず迎えに行くからね

「SNOW」

ちらほら雪が舞い降りる　こんな静かな夜には
真っ赤なダッフルコートの君と散歩するのさ
街燈の下でほっぺたも鼻の頭も細い指先きも
真っ赤にしながらちっちゃな雪だるまと戯れる
そんな君が堪らなく愛しいよ
暖房も何も無い　小さな四角い部屋の中で
二人で裸でブランケットに包まるのさ
悴む指先に息を吹きかけながら僕の肩に触れる
僕の髪にも僕の胸にもそっと触れる
そんな君が堪らなく愛しいよ
僕が僕である為に　君のその指と愛が必要なのさ

雪の舞い降りるこんな静かな夜には
きっと誰でも優しくなれる
誰かを抱きしめたくなるのさ
それが愛しい君ならこんな嬉しい事はない

ちらほら雪が降り積もる　こんな静かな時間は
真っ黒な皮のコートの貴兄《あなた》と暗い夜道を歩くのよ
ジッポの灯りを頼りに強く手を握りあって

ぼんやり揺れる雪の影を目で追いながら
そんな貴兄《あなた》が堪らなく愛しいのよ
シャワーの後の濡れたままの二人は
裸でブランケットに包まって熱いコーヒーを飲みましょう
マグカップを持つその手で私に触れる
首も肩も頬もうなじもその手の温もりが伝わる
そんな貴兄《あなた》が堪らなく愛しいのよ
私が私である為に　貴兄《あなた》のその手と温もりが必要なのよ

雪が降り積もるこんな静かな時間は
きっと誰でも優しくなれる
誰かと暖め合いたくなるのよ
それが愛しい貴兄《あなた》ならこんな幸せな事はないわ

ねぇ　神様お願い　僕等の時間を止めておくれよ
僕等が僕等であるために
ねぇ　神様お願い　私達の声を聴いてちょうだい
私達が私達であるために
ねぇ　神様お願い　ちょっとで良いから時間を止めて
二人が二人でいられるように

「ずっと」

電話が鳴るたびドキドキするよ
今日も朝から君の声が聴けるって
何千マイル離れていようと
僕らはいつでも一緒なんだ
僕が起きれば君は眠る
そんな毎日でもへっちゃらさ
だって、そうだろう？
「おはよう」「おやすみ」
一日の始まりと終わりが同時に言えるんだ
きっと僕らは宇宙一の幸せ者だよ
地球の裏側だって僕らにとっては
一つのベッドと同じなんだ
どんなに遠く離れていようと
僕らはいつでも一緒なんだ
ああ、今日もまた電話が鳴ってる
君の声が今日も聴ける
だから僕らは前に進める
二人でずっと　どこまでも

「TO MY LOVER」

これからは僕が守るから
君は何も心配しなくていいよ
全部わかってるから
君は何も言わなくていいよ
もしも世界中が敵に回っても
僕がずっと手を繋いでいるから
君は僕の手を離さないで
どこにいても　見つめているよ
どんな時でも　一秒ごと愛してる
だからお願い
僕の手を離さないで　傍にいて
僕の腕の中で毎日眠って欲しいんだ
そしたら僕等２人　きっと幸せになれる
僕が死ぬまで君を守るから
君は何も心配しないで笑顔でいて
だからお願い
僕の手を離さないで　傍にいて
眠れない夜は僕が絵本を読んであげる
そしたら僕等二人　きっと幸せになれるから

「エンゲージ」

君が寝てる間にね　こっそり指を調べたんだ
もうすぐ完成するんだ　気に入ってくれると良いんだけれど
だって今年は特別なんだ　君に僕のとっておきをあげたいんだ
笑顔がステキな君には　どんな色でも似合うけど
いつか行こうって約束したあの街に　似合う様に作ってるんだ
白と青のビーズでちいさな指輪を作ってるんだ
真ん中には君の唇にぴったりな赤い花をあしらって
今の僕にはこんな事しか出来ないけれど
僕の愛が一杯詰まってる指輪なんだよ
はめる指ももう決めてあるんだよ
僕が君の手を取って指にはめてあげる
気に入ってくれると良いんだけれど
君の笑顔が見たいだけなんだ
涙がこぼれたら僕が全部飲んであげる
そうしたら君はもっと喜んでくれるかな？
君の笑顔が見たいだけなんだ
その日が来るまで　君に見つからないように
こっそり作ってるんだ　もうすぐ出来るんだ
気に入ってくれると良いんだけれど

僕のとっておきの　愛が一杯詰まった
小さな小さな指輪なんだ
気に入ってくれると良いんだけれど

どこを
見てるの?

「僕の旅」

青い芝生の上で寝転んで空を見上げてみる
ゆっくり白い雲が動き出したら
僕はどこまでもその雲を追いかける
自転車に乗ってどこまでも
見知らぬ土地に辿り着いても
そんな事は全然気にしない
僕にはこの自転車があれば恐いモノは何も無い
河原に着いたらのんびり寝転んで向こう岸を見る
晩御飯の匂いで子供達が帰り出したら
僕は一人で夕陽が沈むのを眺めてる
茜色の空が呼んでいるような気がして
僕は銭湯へ向かって自転車を走らせる
ゆっくりお湯に浸かって今日と言う日をかみしめる
風呂上がりに缶ビールを飲みながらまた河原に戻る
まだ僕の夕陽はそこにいて見渡す限り真っ赤な世界
帰りそびれた子供も散歩している犬も
赤くきらきら眩しくて僕は涙を流す
平穏無事な今日と言う日に感謝して
そして僕はまた旅を続ける

コスモスの揺れる丘

自転車に乗ってどこまでも
この道の続く限り　空のある限り
この先に何が待ち受けていようとも
僕の旅は続く　明日に向かって

「CRASH」

吹き荒れる風と共に怒濤《どとう》が笑う
そんなセリフはうんざりだ
毎日下らない事の連続で
俺のイライラは募りっぱなし
誰でも良いよ
俺のストレスを消してくれ
誰だって構わないよ
俺の日常を壊してくれ
今宵の月が昇る前に
どこに向かえばいいのかわからない
こんな気持ちはうんざりだ
毎日同じ事の繰り返しで
俺のイライラは募りっぱなし
誰でも構わねえよ
俺の心を殺してくれ
誰でもかまやしねえよ
俺の身体《からだ》を燃やしてくれ
明日の太陽が昇る前に

「タイムマシーン」

神様　お願いがあるんだよ
僕を　タイムマシーンに乗せて欲しいんだ
どうしても知りたい事が　たくさんあるんだよ
謎の遺跡も　奇妙な文字も　叢の小さなお墓も
僕の知らない秘密で　この世界は一杯なんだ
今日も世界のどこかで　秘密が生まれていくんだ
僕が昼寝をしている時にも　宇宙は膨張するし
僕が猫と遊んでいる時にも　1つの文明が消えるんだ
新聞に載らないような　小さな出来事でも良いんだ
テレビが教えてくれない　内緒の事件でも良いんだ
灯《あか》りが消えるその前に　色んな事を知りたいんだよ
世界の終わりが来る前に　全ての事を見届けたいんだ
過去も未来も現在も　全ての命の源を知りたいんだ
そして僕等が生まれた訳を　僕等が出会い愛し合う訳を

神様　お願いがあるんだよ
僕を　タイムマシーンに乗せて欲しいんだ
僕の灯りが消える前に　世界の終わりを見せて欲しいんだ

「ＭＹ　ＬＩＦＥ」

目が覚めたら一服しながらコーヒーを飲む
パンを焼きながら新聞に目を通す
シャワーを浴びてさっぱりしたら
今日は何を着ようか考える
晴れてたら自転車で
雨が降ったら傘を差して
砂利道をのんびり進むのさ
今日の予定を確認したら
書類の山にハンコを押して
メールの続きを書かなくちゃ
昼下がりをゆっくり楽しむのさ
軽く打ち合わせをして
冗談なんか言い合って
夕闇をじっくり味わうのさ
ビールを飲みつつ音楽聴いて
遠くの空の愛しい人を
思い出しては涙して
甘く切ない時間に酔いしれるのさ

今はこれでいいんだって
俺の毎日はこれでいいんだって
忙しくても退屈でも
平和であろうと不穏であろうと
今はこれでいいんだって
冷たい壁に囲まれて
一人で眠りにつくんだけれど
今はこれでいいんだって
俺の毎日はこれでいいんだって

「歩こう」

どれだけ歩けば辿り着くのだろうか？
どれだけ叫けべば振り向いてもらえるのだろうか？
私の心はいつも宙をさ迷い
羽根を休める場所すら見つからない
どれだけ歩けば辿り着ける？
どれだけ叫べば振り向いてもらえる？
そんな日が来るのを夢見て
何もわからないまま
私の明日はもう始まっている
何もわからなくても
もう始まっている
たとえ飛べなくても
たとえ辿り着けなくても
たとえ振り向いてもらえなくても
もう始まっている
明日はもう始まっているから

「世界の終わりに」

僕は歩く　ただひたすらに　どこまでも歩く
そして辿り着いたのは　小さな国のバオバブの下《もと》
疲れ果てた僕に声をかけるの誰？
ガラス細工で壊れやすい心に水を与えてくれるのは誰？
「大切なモノは目に見えないんだよ」……そう言って僕を支えてくれ
る君は誰？
「次はお姫様の話を書いてあげるね」……そう言って僕に希望を与え
てくれる君は誰？
そうだね……大切な事はいつも目に見えないんだ　だから僕等は過
ちを犯す
どうして……失ってから気付くんだろうか　だから僕等はまた同じ
過ちを繰り返す
何度も　何度も　何度も　何度も
そして時々思い出すんだ　この世の果てで
過ぎ去った日々を　遠い夢を　過ちを
最後の審判が下る時　僕等は気が付く
終わり行く世界で　愛を手にした者だけが幸せなんだと

「森」

誰も訪れる事の無い深い森の奥
隠れるように怯え暮らす
光も届かない静まりかえった森の中
息を潜めてひっそりと暮らす
湿った空気と闇に包まれて
時々深いため息をついては
苔生す岩の上で遠い空に手を伸ばす
この手に星屑が落ちてきますように
この腕に星空を抱《いだ》けますように
静寂と闇の中森の奥深く
蠟燭の灯りだけが私を照らす
悠久の時の流れの中で
かすかな灯りだけが私を照らす

「ＨＯＰＥ」

永久不変なものって　この世に存在するの？
形あるものは　いつか壊れる時が来るし
人の気持ちに　永遠なんて望めない
僕等は常に進歩しつづけるだろうし
文明は栄枯衰退を繰り返すだろう
そんな日常の中で　僕等は何を見出せば良いのだろう
めまぐるしく動く毎日を　どんな風に生きれば良いんだろう
その答えを知るために　僕等は生まれ愛し合い滅んでいく
遠い昔に　神が与えた試練
何億年も彼方から　僕等に刻み込まれたＤＮＡ
僕の肉体は消滅しても　魂だけは変わらない
僕はどこまでも君を愛し　守って見せる
僕が僕である為に　変わらぬ愛を信じたい
今　僕は試されている
永久不変の存在を　永遠なる愛を

「ＰＲＯＵＤ」

乾いた大地に佇んで遠くを見つめる
遥か昔に思いを馳せながら
風と荒野と馬と歩んだ道を
感謝と祈りと闘いの日々を
たとえその血が途絶えようとも
その灯りは消える事なく
魂は輝きを放ち続ける

後書

　時折、無性に虚しくなる。地球と言うちっぽけな惑星の小さな国でちまちまと暮らしている自分の非力さに。かと言って悩んでいるだけでは状況は変わらない。大きな事をしたい訳では無いが、平穏無事なだけの人生は歩みたくない。一度きりの人生ならば、たとえ波乱万丈であっても人と違う生き方を。年を取って死ぬ時に「色々な事が体験できて楽しかったな～」って笑い飛ばせる、そんなオバアちゃんに私はなりたい。

　遠く離れていても、いつも支えてくれた友人達に。何があっても手を握っていてくれた妹に。どんな時でも静かに見守ってくれた自然に。出版に当たり支持・指導してくれたスタッフに。ここまで読んでくれたあなたに。どうもありがとう。皆に平等に幸せが降りますように。

　最後に、いつも私に元気になるパワーを与えてくれる、ダイスキなあの人にこの詩を。

「祈り」
僕は知っていた
あの人が毎日そこで走っている事を
雨が降ってもたった一人でも走っていた
晴れた日には芝生の上で楽しそうに笑ってた

コスモスの揺れる丘

僕は見つめていた
あの人が毎日前を向いて走っている姿を
追い越されても前だけを見つめて走ってた
取り残されても振り向かず走ってた
僕は祈ってた
あの人がいつか世界へ飛び立つ日を
削られても何度も起ちあがりますように
天を仰いで次の一歩を踏み出せるように
僕は祈ってる
あの人が毎日幸せでありますように
いつの日にも笑顔でいられるように
来るべき日に歓喜の渦に抱かれるように
僕は信じてる
あの人が毎日幸せでいてくれる事を
全ての人に笑顔を与えてくれる事を
誇らしげにピッチに立つ日が来る事を
僕は祈ってる

著者略歴

1970年代生まれ。
音楽、サッカー、岡崎京子、南Q太、中川いさみがダイスキ。
放浪の民になる事を夢見ている。

コスモスの揺れる丘

2000年10月１日　初版第１刷発行

著　者　椎《しい》野《の》さちほ
発行者　瓜谷綱延
発行所　株式会社　文　芸　社
〒112-0004　東京都文京区後楽2-23-12
電話　03-3814-1177（代表）
03-3814-2455（営業）
振　替　00190-8-728265
印刷所　株式会社エーヴィスシステムズ

ISBN-4-8355-0655-3 C0092